LA JOURNÉE
DU BON
ET DU MAUVAIS ÉCOLIER

COULOMMIERS. — IMPRIMERIE P. BRODARD ET GALLOIS

LA JOURNÉE DU BON

ET DU MAUVAIS ECOLIER

PAR TANTE NICOLE

ILLUSTRATIONS DE J. GEOFFROY

PARIS
LIBRAIRIE CHARLES DELAGRAVE
15, RUE SOUFFLOT, 15

JOURNÉE
BON
Mauvais
ÉCOLIER

TOTOR POUSSE UN GROGNEMENT.

LA JOURNÉE DU MAUVAIS ÉCOLIER

I

Le Lever.

— Cocorico! cocorico!

— Qu'est-ce qui lui prend, à cet imbécile de coq! fait Totor encore à moitié endormi.

— Cocorico! cocorico!

— Te tairas-tu, vilaine bête!

— Cocorico! cocorico!

— Oh! je te tordrai le cou, bien sûr!

— Bing! bing! bing!... — et ainsi de suite jusqu'à sept.

— Et voilà l'horloge qui s'en mêle maintenant! Monstre d'horloge! Je te casserai! je te briserai! pour t'apprendre à sonner comme cela!

La colère a fini par réveiller tout à fait Totor; mais ce n'est pas une raison pour qu'il sorte de son lit.

— Totor! crie la maman de la chambre voisine, es-tu levé?

Totor pousse un grognement.

La maman, qui était occupée à raccommoder la blouse que Totor a déchirée la veille, quitte son ouvrage pour venir voir où il en est de sa toilette.

Elle le trouve assis sur son lit, tenant ses genoux à deux mains et continuant à grogner.

Elle le prend par le bras et le tire dehors. Le voilà sur ses pieds.

Il crie comme un beau diable.

Sa mère retourne à sa besogne; Totor continue à pleurer, et à crier.

Ce serait si simple pourtant de mettre ses bas!

La mère revient au bout de dix minutes avec la blouse raccommodée.

Totor en est toujours au même point.

Il faut que ce soit sa maman qui lui passe ses bas, qui lui attache ses souliers, qui le débarbouille, qui le peigne, qui lui mette ses habits...

Enfin le voilà parti avec son portefeuille qui contient ses livres et ses tartines; Briquet marche devant, la queue entre les jambes. Je suis sûr qu'il est honteux d'avoir un petit maître si paresseux.

BONJOUR, MONSIEUR.

LA JOURNÉE DU BON ÉCOLIER

II

En route pour l'école.

Jojo, lui, a pris tout de suite le chemin de la classe.

Il a rejoint deux ou trois petits camarades, de bons écoliers comme lui, et tous se hâtent vers l'école.

Ils causent des leçons qu'on aura à réciter tout à l'heure, des devoirs qu'on aura à montrer.

— La leçon de grammaire était bien difficile.

— J'ai été obligé de refaire trois fois ma multiplication.

— Je me suis bien appliqué à mon devoir; j'espère avoir une bonne note.

— Vite, vite, dépêchons-nous pour ne pas être en retard!

Il fait bon courir, car le vent souffle et pique la figure.

Une pauvre petite fille s'abrite de son mieux au coin du mur. Elle est à peine vêtue. Oh! comme elle a froid! Elle a faim aussi, car elle n'a pas mangé depuis hier matin.

— La charité, mon bon petit monsieur!

Jojo a deux sous, que son oncle lui a donnés hier parce qu'il avait été premier en géographie.

Quel bonheur! il va pouvoir les donner à la petite fille.

— Tiens, petite fille; cours vite acheter du pain; voilà justement là, en face, la boutique du boulanger.

Et il rejoint ses camarades sans entendre les merci! merci! de la petite fille.

Nous voici à l'école. En entrant, Jojo soulève poliment sa casquette et salue le maître, déjà installé à son pupitre.

Il ne lui jette pas un brusque « b'jou, m'sieu », comme bien des petits garçons de ma connaissance qui se croient bien élevés.

Mais il dit posément et d'un ton respectueux : « Bonjour, monsieur. »

— Bonjour, mon petit ami, répond le maître.

Puis Jojo jette les yeux sur l'horloge. Il est huit heures moins dix; il va juste avoir le temps de ranger ses affaires, de mettre en ordre ses livres et ses cahiers avant que la classe commence.

Le dernier coup de huit heures sonne; le maître frappe avec sa règle sur son pupitre : la classe est commencée.

EN ROUTE POUR L'ÉCOLE!

LA JOURNÉE DU BON ÉCOLIER

I

Le Lever.

— Cocorico! cocorico!

Il est sept heures. Le coq, qui est très matinal, a déjà chanté deux fois; mais Jojo ne l'a pas entendu; il dormait trop bien.

Cette fois c'est différent, il commence précisément à se réveiller.

— Allons, mon petit Jojo, a l'air de dire le coq, lève-toi; il est l'heure.

Il le sait bien, qu'il est l'heure, et il va se lever sans se le faire dire deux fois; il serait bien fâché que sa maman se dérangeât pour lui.

Vite, Jojo enfile ses bas... à l'endroit, il met ses bottines, il les lace, il attache les cordons sans faire de nœuds.

Puis il brosse ses habits, il se débarbouille. Ah! il n'a pas peur de l'eau, le petit Jojo; il sait bien que c'est l'eau fraîche qui donne de jolies joues roses, des yeux brillants, qui font que les mamans ont du plaisir à embrasser leurs petits garçons.

Ensuite il se peigne; il se brosse la tête. Cela fait du bien le matin : il dessine sa raie, et pendant ce temps sa petite figure ronde se reflète dans la glace.

Il n'a plus qu'à passer sa veste.

Sept heures et demie sonnent; il a fait sa prière; il est tout prêt.

Il court embrasser maman et papa, qui sont bien contents d'avoir un petit garçon si gentil.

Jojo va-t-il partir à l'école sans déjeuner?

Oh! non, il n'y a pas de danger, car il a bon appétit, notre ami Jojo.

Sa maman lui a préparé un bol de lait avec du pain, et il déjeune gaiement, en compagnie de Tom, le chien.

Entre amis, on peut bien partager.

Le déjeuner fini, Jojo enfile à son bras droit son panier, que sa maman a rempli de bonnes provisions; il prend sous l'autre le carton qui contient ses cahiers, il embrasse une dernière fois sa mère.

Et puis, en route pour l'école!

— En route! a l'air de dire Tom, en montrant le chemin à son maître.

« Je ne suis qu'un chien et il n'y a pas d'écoles pour les créatures de notre espèce, aussi je resterai toute ma vie ignorant; mais je serais bien honteux que mon maître le fût aussi.

EST-IL DRÔLE !

LA JOURNÉE DU MAUVAIS ÉCOLIER

II

En route pour l'école!

Totor a tant musé en se levant qu'il aurait eu tout au juste le temps, en courant bien, d'arriver à l'école.

Mais il rencontre trois ou quatre petits paresseux comme lui, et il engage avec eux une partie de billes.

Ce n'est que quand elle est finie qu'on pense à l'école.

Bon! voilà la boutique de joujoux, celle du marchand de pain d'épice. On s'arrête de nouveau.

— Oh! les beaux bonshommes!

— En voilà un qui ressemble au maître!

Après avoir bien ri, on se remet en route.

Un chien arrive en courant. Il vient se frotter aux jambes de Totor, qu'il prend pour un bon petit garçon.

Oh! comme il s'est trompé, le pauvre Fidèle!

Une idée pousse tout à coup dans l'esprit de Totor, une mauvaise idée, comme il peut en venir à un méchant petit garçon.

Il a aperçu une vieille casserole sur un tas d'ordures.

— Nous allons rire! dit-il.

Il prend Fidèle par son collier; le chien se laisse faire sans défiance.

Un instant après, le bout de sa queue frisée est passé dans le manche de la casserole.

Il veut fuir, il entraîne avec lui un objet lourd qui le tire en arrière.

Il s'élance néanmoins; sa pauvre queue est tendue; elle lui fait grand mal; il lui semble qu'elle va se détacher de son corps.

Il aboie, il gémit, il hurle.

A ses cris de détresse répondent les cris de joie et les éclats de rire de Totor et de ses amis.

— Est-il drôle!

— En fait-il des contorsions!

— La bonne idée que j'ai eue!

Et l'école?

Ah! il est bien question de l'école, vraiment!

MAÎTRE CORBEAU...

LA JOURNÉE DU MAUVAIS ÉCOLIER

III

Arrivée à la classe.

La maman de Totor, qui connaît son garçon, dit à Adèle, la grande sœur de Totor :

— Va donc voir si ton frère est allé à l'école. J'ai peur qu'il ne se soit arrêté à jouer avec de petits vauriens.

Adèle part; elle prend le chemin de la classe.

Mais qui est-ce qu'elle aperçoit, accroupi dans un renfoncement, avec deux autres camarades? C'est mon Totor.

On s'est lassé de poursuivre le chien, qui a fini par se débarrasser de sa casserole.

Loulou, un des amis de Totor, a fait ce beau raisonnement :

— Ce n'est plus la peine de nous presser maintenant : la classe est commencée.

— Et nous serons punis tout de même, ajoute Charlot.

On se met donc à jouer aux billes. Mais la partie est brusquement interrompue. Adèle a pris son frère par le bras.

— Fi! le vilain! dit-elle; fi! le paresseux! et elle l'entraîne vers la classe.

Totor a beau crier, pleurer, gémir; il faut bien qu'il suive sa sœur.

Voilà maintenant les trois écoliers devant le maître.

— Monsieur Totor, récitez votre fable, dit M. Tapin.

Totor commence :

— Maître Corbeau...

— Maître Corbeau... répète M. Tapin.

— Maître Corbeau... répète à son tour Totor, et il s'arrête.

— Totor sera privé de récréation, dit M. Tapin.

— A Loulou maintenant : Maître Corbeau...

Mais Loulou ne répète même pas : Maître Corbeau...

Il se contente de tirer une mèche de ses cheveux d'un air désespéré.

— C'est au tour de Charlot : Maître Corbeau...

Charlot part comme une machine qu'on vient de monter :

— Maître Corbeau, un jour allait sur son long cou... un loup survient, sur un arbre perché... la cigale ayant chanté tout l'été... reprit maître Corbeau, je tette encore ma mère.

Toute la classe pousse un éclat de rire.

Mais le maître n'a pas envie de rire, lui.

— Monsieur Charlot sera privé de récréation comme ses deux camarades.

NE VOYEZ-VOUS PAS LES GRANDES OREILLES?

LA JOURNÉE DU MAUVAIS ÉCOLIER

V

Le Bonnet d'Ane.

Aussi voyez ce qui arrive.

Les mauvais écoliers retournent à la maison avec la coiffure que je vous montre et un écriteau dans le dos.

Totor est coiffé de même.

— Qu'est-ce que cette coiffure?

— Ah! vous ne la connaissez pas; c'est que vous ne l'avez jamais méritée : c'est un bonnet d'âne.

Ne voyez-vous pas les grandes oreilles?

Par exemple, on fait injure à l'âne en lui comparant les mauvais écoliers.

L'âne est bien un peu entêté; mais il n'est ni paresseux, ni gourmand, ni taquin, ni menteur, ni même bavard.

Ah! bien oui, paresseux! Est-ce qu'il se fait prier pour se lever matin, pour aller à l'herbe, pour porter les légumes?

Ah! bien oui, gourmand! Est-ce qu'il irait jamais voler dans le panier de son camarade les tartines de son goûter, lui qui se contente de paille hachée et même de chardons? Quel régal quand on lui offre un morceau de pain sec!

Oh! pour le coup, il est taquin, allez-vous dire.

Eh bien! pas du tout, ce sont les méchants petits garçons qui le taquinent, et lui, dame! quelquefois il perd patience, et alors il jette par terre les petits garçons qui le font enrager.

Ils n'ont que ce qu'ils méritent.

Et certainement je trouve qu'un bon âne vaut bien mieux qu'un mauvais écolier.

EN VEUX-TU? DIT JOJO.

LA JOURNÉE DU BON ÉCOLIER

III

La Récréation.

Comme on s'amuse, pendant la récréation, quand on a bien travaillé pendant la classe!

Jojo a bien travaillé, lui.

Il a dit sa fable sur le bout du doigt, sans ânonner, sans se reprendre, sans bredouiller.

Il s'est bien appliqué à sa page d'écriture.

Il a récité sans faute sa table de multiplication.

Ah dame! c'est qu'aussi, hier, en revenant de l'école, il s'est mis bravement au travail.

Avant le dîner, toutes ses leçons étaient sues et récitées; tous ses devoirs faits.

Il a pu jouer toute la soirée jusqu'au moment d'aller se coucher.

Et maintenant, pendant la récréation, il ne donne pas sa part aux autres.

Il se livre à une partie de saute-mouton.

Hop! hop! hop! hop!

Chacun saute à son tour.

Avant de jouer, Jojo a commencé par déjeuner.

Il y avait toutes sortes de bonnes choses dans son panier, et tout au fond, pour son dessert, deux belles tranches d'un gâteau que sa maman a fait hier.

Jojo vient justement d'y mordre la première bouchée.

A la satisfaction qui se peint sur sa figure, Léon, « un tout petit », devine combien le gâteau est bon.

Il s'approche à pas timides.

— En veux-tu? lui dit Jojo.

S'il en veut! cela ne se demande pas.

Jojo lui tend la tranche qui n'est pas entamée.

— Tiens! lui dit-il.

Léon accepte sans se faire prier.

Jojo trouve son gâteau encore meilleur, maintenant qu'il l'a fait partager à un camarade.

SES CAMARADES SE MOQUENT DE LUI.

LA JOURNÉE DU MAUVAIS ÉCOLIER

IV

En Récréation.

Et Totor, qu'est-ce qu'il fait pendant ce temps-là?

Il a ouvert le panier qui renferme son déjeuner, et, au lieu d'y trouver, comme d'habitude, des tartines couvertes de beurre, de rillettes ou de confitures, il n'y a rien trouvé que des tartines sans rien dessus. Maman a fait comme je le lui aurais conseillé si j'avais été là : elle s'est décidée à employer les grands moyens et à mettre Totor au pain sec.

Aussi voyez la mine déconfite du méchant garçon.

Pour comble de malheur, ses camarades se moquent de lui.

Ce n'est pas joli, allez-vous dire, de se moquer d'un camarade qui est dans la peine.

Ah dame! aussi pourquoi Totor est-il si méchant?

Tout à l'heure, en sortant de la classe, il s'est battu avec d'autres écoliers plus petits que lui.

Voyez même cet accroc à sa blouse; c'est là qu'il l'a attrapé. Maman aura encore de l'ouvrage ce soir.

Ce n'est pas tout; j'ai bien encore autre chose à vous dire sur Totor.

Il ne se contente pas d'être paresseux; il est encore menteur et même voleur.

Pierre, son voisin de pupitre, avait quitté la classe pour un instant.

Que fait Totor? Il soulève le pupitre de Pierre et y prend la page d'écriture que Pierre vient de terminer.

Le maître fait le tour de la classe pour examiner les devoirs.

Il arrive devant Totor.

— Votre page d'écriture?

Totor tend celle qu'il vient de voler.

Mais le maître ne se laisse pas prendre à la supercherie : il sait bien que Totor est incapable d'aligner si bien ses lettres.

C'est Pierre qui a une bonne note, et Totor est privé de récréation.

Comprenez-vous maintenant pourquoi ses camarades n'ont pas pitié de lui?

VIVE JOJO!

LA JOURNÉE DU BON ÉCOLIER

VI

Les Prix.

Et Jojo a-t-il eu le bonnet d'âne, lui?

Le bonnet d'âne? Il n'y a pas de danger! Il trouve que c'est une bien trop vilaine coiffure.

Il préfère une couronne de feuilles vertes ou de feuilles d'or.

Ne trouvez-vous pas que c'est bien plus joli et que cela sied bien mieux?

Le jour de la distribution des prix est arrivé, et le maître lui met sur la tête une de ces belles couronnes.

Il lui donne en même temps un beau gros livre doré sur tranche, plein d'images et plein d'histoires amusantes.

Et il dit : — 1e Prix de lecture : Jojo.

Et les petits camarades applaudissent. — Vive Jojo!

Le maître appelle encore :

— 1er Prix d'écriture : Jojo.

Et voilà Jojo avec une nouvelle couronne sur la tête et avec un nouveau livre dans les mains.

Et les petits camarades applaudissent encore de tout leur

cœur, car Jojo est un bon petit garçon et chacun se réjouit de sa joie.

C'est sa maman aussi qui est contente! Elle est là-bas au fond de la salle; elle pleure et elle rit tout à la fois; c'est bien drôle, mais c'est toujours comme cela que font les mamans quand elles sont contentes de leur petit garçon.

Et Totor? A-t-il eu des prix?

Je n'ai pas entendu son nom. Et vous?

Oh! si l'on avait parlé de ceux qui ont mérité des punitions, on l'aurait bien sûr appelé en premier.

VEUX-TU QUE JE TE MÈNE PAR LA BONNE?

LE BON ET LE MAUVAIS ÉCOLIER

VII

Route du devoir.

On se lasse de tout, même d'être puni:
Même d'avoir le bonnet d'âne;
Même d'avoir un écriteau dans le dos.

Un beau jour Totor se dit qu'il voudrait bien savoir, lui aussi, ce que c'est que de gagner la croix, que d'avoir des prix.

— Comment donc faut-il faire? dit-il à Jojo.

— C'est bien facile, répond Jojo; il n'y a qu'à prendre la bonne route : la route du devoir.

— C'est une route très ennuyeuse, dit Totor.

— Mais non; au contraire, c'est une route très agréable; on ne trouve sur son chemin que des récompenses : des baisers de maman, des cadeaux de papa, des compliments du maître, des poignées de main des petits camarades, des remerciements des pauvres, et puis au bout, la croix... Quand on est petit, c'est la croix d'argent; quand on est grand, c'est la croix d'honneur!

Lorsqu'on prend l'autre chemin, on ne rencontre que des

pleurs, des rebuffades, des punitions, et puis c'est une route qui ne conduit à rien du tout.

Veux-tu que je te mène par la bonne?

— Je le veux bien, dit Totor.

Jojo le prend par la main; il l'emmène. Totor a d'abord un peu de peine à le suivre; il faut commencer par sortir du mauvais chemin où il s'était engagé et qui était plein de chardons et d'épines; mais l'en voilà bientôt dehors, et maintenant il ne fera que des rencontres agréables.

Vous verrez, l'année prochaine, qu'il aura presque autant de prix que Jojo.

C'est ce que je souhaite de tout mon cœur

A lui et à tous ceux de mes petits amis qui, comme lui, auraient commencé par prendre le mauvais chemin, mais qui auraient fini par se décider à prendre le bon.

Coulommiers. — Imp. P. Brodard et Gallois

Librairie Ch. DELAGRAVE, 15, rue Soufflot, Paris.

LA FARCE DU CUVIER
Comédie du XVIe siècle arrangée en vers modernes
Par GASSIES DES BRULIES
Avec 9 planches hors texte, par JEAN GEOFFROY
Un bel album in-4°, 5 fr.

LA FARCE DE MAITRE PATHELIN
Comédie du moyen âge arrangée en vers modernes
Par GASSIES DES BRULIES
Avec 16 planches en taille-douce, par BOUTET DE MONVEL
Un magnifique album in-4°, 10 fr.

Collection de volumes format in-8° jésus. Br., 10 fr. Rel. tr. dorées, 13 fr

LE PETIT LORD
Par EUDOXIE DUPUIS
Illustrations de BIRCH

LES HÉRITIERS DE JEANNE D'ARC
Par FRÉDÉRIC DILLAYE
Illustrations de SANDOZ

Les Héritiers de Montmercy, par E. Dupuis. — L'Espion des écoles, par Louis Ulbach. — Mont-Salvage, par S. Blandy. — Le Vœu de Nadia, par Henry Gréville. — Un Déshérité, par Eudoxie Dupuis. — La Mission du Capitaine, par Ch. de Charlieu.

Collection de volumes illustrés, format grand in-8° pittoresque. Br., 5 fr. Rel. toile, tr. dor., 7.50.

LES ALPES
Par ÉMILE LEVASSEUR
Nombreuses illustrations et cartes

L'AFRIQUE PITTORESQUE
Par VICTOR TISSOT
Illustrations de DE BAR, KIRSCHNER, etc.

La Comédie des animaux, par Méry. — Voyage scientifique autour de ma chambre, par A. Mangin. — A la recherche de la pierre philosophale, par Ed. Leblanc. — La Guerre, par Carlo de Monge.

Collection de volumes illustrés format petit in-4°. Br., 5 fr. Rel. tr. dor., 8 fr.

LE LIVRE DES PETITS
Par JEAN AICARD
Illustrations de GEOFFROY

LES TROIS PETITS MOUSQUETAIRES
Par ÉMILE DESBEAUX
Illustrations de FERDINANDUS, SCOTT, etc.

Collection de volumes illustrés format petit in-4°. Br., 2.25. Rel. t., tr. d., 4 fr.

CONTES POUR ENDORMIR MA PETITE FILLE
Par la Princesse CANTACUZÈNE ALTIERI. — Illustrations de FERDINANDUS

QUI EST-ELLE?
Par MARTHE BERTIN
Illustrations de DUPLAIS-DESTOUCHES

Le Roman de Christian, par Pierre du Chateau.
La Succession du Roi Guilleri, par Ch. Ségard.
La Chasse aux Lions, par Alfred Assolant.
Pharos, par A. Piazzi.
La Petite Maison rustique, par Marthe Bertin.

LES QUATRE FILS AYMON
Par PIERRE DU CHATEAU
Illustrations de A. SANDOZ

Vie et Aventures de Trompette, par J. Anceaux.
Trois Mois sous la neige, par J. Porchat.
Madame Grammaire et ses enfants, par Marthe Bertin.
La Rose et l'Anneau, par Titmarsh.

Collection de volumes illustrés petit in-4°. Br., 3.90. Rel. tr. dorées, 5.40.

LES DEUX AUBERGES
L'OURS ET L'ANGE
Par J. PORCHAT, Illust. de F. RÉGAMEY

Un An à Alger, par J. Baudel.
Les Entreprises d'Harry, par Eudoxie Dupuis.
Les Disciples d'Eusèbe, par E. Dupuis.
Histoire d'une ferme, par F. Narjoux.
La Chasse au Phénix, par Daniel Bernard.
A la Recherche d'une Ménagerie, par E. Dupuis.

SCÈNES VILLAGEOISES
Par EUGÈNE MULLER
Illustrations de LIX, GAILDREAU, etc.

Souvenirs d'un Petit Alsacien, par Pierre du Chateau.
La Nouvelle Schéhérazade, par Leïla Hanoum.
Impressions et Souvenirs de Voyage dans les pays du nord de l'Europe, par Léouzon Le Duc.

Collection de volumes illustrés petit in-4°. Br., 1.90. Rel. tr. dorées, 3.50

ILIAS, par PROTCHE DE VIVILLE, Illustrations de V.-A. POIRSON.

Les Comédiens malgré eux, par Léonce Petit.
Sans Souci, par A. Piazzi.
Les Petites Conteuses, par A. Piazzi.
L'Education musicale de mon cousin Jean Garrigou, par Léopold Dauphin.
Les Pupazzi de l'enfance, par Lemercier de Neuville.

Histoire des mois, par Mélanie Talandier.
Les Contes de Saint Nicolas, par Lemercier de Neuville.
De fil en aiguille, par V. Aury.
Le Nid de pinsons, par R. de Najac.
Les Epreuves de Jean, par Marthe Bertin.
Bébés et Papas, par Ch. Ségard.

Collection de volumes illustrés petit in-4°. Cart. 1.25. Rel. tr. dor., 2.75.

LE SOSIE, par PROTCHE DE VIVILLE, Illustrations de V.-A. POIRSON.

La Mésange, par V. Aury.
Les Souhaits de Tommy.
Un peu Paresseuse.
La Danse des Lettres.
Le Cirque en Chambre.

Hors de l'Œuf, par E. Dupuis.
Le Nid de Grand'Maman, par Labesse et Pierret.
Les Sept Métiers du Petit Charles, par Léonce Petit.

Les Lettres d'Oiseaux, par Raoul de Najac.
Les Petites Femmes, par L. Ratisbonne.
Les Petits Hommes, par L. Ratisbonne.

Coulommiers. — Typ. P. BRODARD et GALLOIS.

www.ingramcontent.com/pod-product-compliance
Lightning Source LLC
LaVergne TN
LVHW050458160826
845677LV00003B/818

* 9 7 8 2 3 2 9 6 6 9 2 5 0 *